KB237392

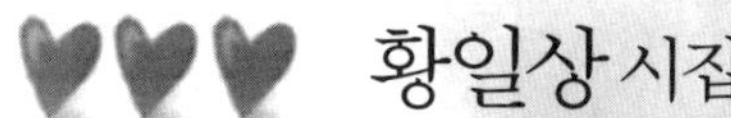 황일상 시집

 누군가 사랑하려거든

청어

누군가 사랑하려거든

황일상 지음

발행처 · 도서출판 **청어**
발행인 · 이영철
기　획 · 손영국 | 이동호
영　업 · 이진수
편　집 · 김영신 | 김인현
디자인 · 오주연

등　록 · 1999년 5월 3일(제22-1541호)

1판 1쇄 인쇄 · 2007년 3월 15일
1판 1쇄 발행 · 2007년 3월 25일

주소 · 서울시 서초구 서초동 1588-1 신성빌딩 A동 412호
대표전화 · 586-0477
팩시밀리 · 586-0478

E-mail · ppi20@hanmail.net
ISBN · 978-89-92554-04-6 (03810)

누·군·가·사·랑·하·려·거·든

첫 시집을 출간하면서

1982년 늦가을 황금 들녘
은빛 갈대숲에 붉게 출렁거리는 노을빛이
매우 아름다워 글을 쓰기 시작했습니다.

누구나 사랑과 행복을 위해
아름답게 세상을 가꾸어 가지만
우리가 살아가면서
즐겁고 행복한 날보다는
슬픔과 우수가 찾아왔을 때

그리움을 갈망하며 이별의 상처 속에서
서럽도록 아픔과 시련을 겪는 이에게

누군가 사랑하려거든
한 권의 시집 안에서
정결하고 감성적인 그 의미를 담아
독자와 함께 그 사랑의 열쇠를 찾아가며
위안과 희망을 전하고자 합니다.

봄이 오는 길목에서

황일상

c·o·n·t·e·n·t·s

1

꽃보다 아름다운 사랑으로

2

강가에서

· · · · · 누군가 사랑하려거든

1

꽃보다
아름다운
사랑으로

봄 햇살에
눈꽃 한 송이
사르르 녹아내리는 날
꽃보다
아름다운
사랑으로 피어오른다

· · · · · · 누군가 사랑하려거든

누군가 사랑하려거든

누군가
사랑하려거든
푸른 숲으로 가십시오

깊은
옹달샘
맑은 물 마시며

정답게 속삭이는
한 쌍의
새소리 들으십시오

가끔은
외롭게 우는
풀벌레 소리 느끼며

늘 푸른
소나무 솔잎
가슴에 담으십시오

그대가 좋다

사월의
붉은 장미처럼
화려하진 않아도
오월의
아카시아 꽃처럼
진한 향기는 없어도
봄 햇살
수줍은 듯
터트릴 듯 말 듯한
순수하고
화장기 없는
하얀 목련 그대가 좋다

너를 위해

척박한 땅에
뿌리를 내리고
짓눌린
바위틈에서도
꽃 피울 수 있다면
맑은 강가에
민들레처럼 살고 싶다

새벽달
홀씨 되어
긴 강을 건너
너에게 닿을 수 있다면
민들레처럼 살고 싶다
너를 위해……

꽃보다 아름다운 사랑으로

함박눈 내리는 날
소복한
발걸음으로 다가와

솔가지 위에
백옥처럼
고운 눈꽃 심어 놓고

하얀 마음
조금씩
조금씩
그리움으로 물들면

봄 햇살에
눈꽃 한 송이
사르르 녹아내리는 날

꽃보다
아름다운
사랑으로 피어오른다

봄비는 내리는 날의 수채화

보드라운
당신의 숨결처럼
매화 꽃망울 사이로
푸릇한 비가 내립니다

산허리
푸른 안개 감싸며
골짜기 숨은 얼음장
촉촉이 녹이고 있습니다

가지 끝에
수정처럼 매달린 빗물은
하얀
꽃비로 승화되어

새록새록 피어오르는
당신의 향기 속에
봄비는 그리움처럼
내 가슴에 내리고 있습니다

갈대숲에서

해질녘 노을은
타오르던
붉은 빛 풀어헤치며
갈대숲으로 내려앉는다

거친 비바람에
휘청거리며
야위어진 모습들

늦가을
부질없이 자란
마른 억새풀
하나 둘씩 잘라낸다

봄오는 강가에
저녁별 뜨고
갈대꽃
떨어진 자리엔
철새가 남기고 간
해묵은 깃털만 무성하다

보고 싶다

당신
머물고 간 자리에
분홍꽃 활짝 피었다

담장의
개나리는
노랗게 흐트러지고

만발한 진달래
농익은 봄바람에
한 잎
두 잎
퇴색되어 가는데

기다려도 오지 않는
그 봄날의
하얀 천사 당신이여

달빛 사랑

캄캄한
강물 속에
그믐달이 뜨면
강바닥에
길게 누워도 좋으리

뽀얀
달빛 속에
달맞이꽃 피워
깊은 강물에
빠져 죽어도 좋으리

삶

당신이
다섯 번 변하여도
원앙새
찾아들지 않았다

아,
야속한 세월

홀로
울다
울다

질긴 목숨
버리지 못하고
뼛속까지 스며든 외로움이여

삼월이 오면

삼월이 오면
마음의 텃밭 가꾸어

작은 씨앗 하나
당신이란 이름으로
정성스레 심고 싶습니다

그리울 땐
이슬비 되고
보고 싶을 땐 달빛이 되어

싹이 트고
가슴에 꽃 피우면
당신이란 꽃
영원히 바라보고 싶습니다

사랑이 머무는 풍경

아파트
베란다 창가에는
선인장 사이로
크고 작은 화초들이 있다

봄 햇살에
유독
사랑초가 눈에 띤다

가냘픈
줄기마다
하얗게 꽃 피우고
당신 모습처럼
사랑스러운 잎새들

당신 향한
그리움 피어오르듯
작은 거실에는
보랏빛 향기로 가득하다

봄비

실비 오는
보드라운 소리에
강가 버들강아지
쫑긋 귀를 세운다

깊은 골짜기
쌓인 눈도
언 가슴 녹듯
하얗게 부서진다

산 중턱
겨울나무
허기진 뿌리
말갛게 적실 때

빈
들녘은
하늘 향해
푸르게 튀어오른다

할미꽃

종달새야
너는 보았느냐

꽃샘추위에
시퍼런 줄기
하얀 솜털 감싸며

가신 임
부르다가 지쳐
무덤가 홀로
고개 숙인 내 모습을······

내 느낌 중에

이 세상
살아오면서
내 느낌 중에

순수한
당신 마음 알았습니다

진실한
당신 모습 보았습니다

아직 메마르지 않은
따뜻한 세상
느낄 수 있었습니다

험한 세상 다리가 되어줄
그런 당신이
그립고 보고 싶은 밤입니다

라일락꽃 필 때까지

바람 불어 좋은 날

작은 풀씨 하나
하얀 꽃잎에 닿을 수 있다면

그 진한 향기 속에
내 영혼 썩어진다 해도

라일락꽃 필 때까지
들풀로 살아가도 좋으리

그대를 사랑하게 되면

가시밭길
아카시아 나무
긴 숲속 지나

그대
사랑하게 되면

편백나무 높은 곳에
아늑한
둥지 틀고

아름다운
노래 부르는
작은 도요새 되리라

찔레꽃 피면

봄 동산 찔레꽃 피면
당신이 그립습니다
보드라운 이파리로
작은 몸짓 감싸 안으며
볼그스레한 젖 몽우리
여린 입술에
물려주시던 당신이여
풀벌레 우는 밤
가시덩굴에
작은 날개 찔릴세라
가슴 조아리시며
하얗게
등불 밝혀 주시고
가을이 오면
잘 익은 빨간 알갱이
가시나무새
허기진 배 챙겨 주시던 당신
깊어가는 푸른 밤에
하얀 꽃
하나 둘씩 헤아리며
사랑하는 당신을 생각합니다

화이트데이

있잖아
살짝
눈감아 볼래?

그리고
감춘
마음을 열어봐

사실은
난 널
무척 좋아하거든

진실한 사랑으로 버무린
달콤한 사탕을
너에게 주고 싶어

소나무 꽃

난들
봄이 오면
왜 꽃 피우고 싶지 않겠느냐

내 쉽사리
꽃 피우지 않는 까닭은
잠시 피었다가 지는
나팔꽃이 되고 싶지 않기 때문이다

그대여
하얀 날갯짓하며
은은한 솔향기에 취하려무나

아직
내 가슴에 남은
노란 송홧가루 바람에 날리면

머지않아
그대 머무는 자리에는
홍조 띤 고귀한 꽃 피울 것이다

아름다운 이별을 위해

봄이 오면
한 그루
사랑나무를 심겠다

꽃이 피고
잎이 지고
먼 훗날
굵은 고목이 되어
흙으로 돌아가는
그날까지
나는 너를 사랑하겠다

아름다운
이별을 위해
한 그루 사랑나무에
정성껏 물을 주며……

풀꽃 반지

쇼윈도에 비추는
흑진주 보석처럼
값진 반지는 아니어도

세 잎
클로버 사이로
탐스레 피어오른
토끼 풀꽃
두 송이 정성스레 엮어

커플링 반지
새끼손가락 걸며
그대랑 나랑
사랑의 오솔길 걷고 싶습니다

밤바다는 말이 없다

저 멀리 외딴섬
갯바위 솔밭 위에는
삶의 고단한 날개들
이따금씩 쉬어간다

반달은
등대 위에 걸쳐 있고
남풍 부는 날에
그리운 이에게 편지를 쓴다

저 멀리
해운대 수평선 아래
흑진주는
잘 지내고 있는지
산호초는
잘 자라고 있는지……

밀려오는 파도는
달빛에
하얗게 부서지고
밤하늘 갈매기만
허공 속에서 까옥거릴 뿐
밤바다는 말이 없다

등나무 아래서

아프도록
엉클어진 줄기마다

힘겹도록
늘어진 꽃잎들

등나무
버팀목 아래서

보랏빛
꽃망울을

슬프도록
터트리고 싶다

조롱박

연초록 줄기 타고
초가지붕 위로
달빛이 흐른다

넓은 잎새 사이로
뽀얗게 차오르는
너의 모습을 바라보면
내 마음도 화들짝 밝아진다

달을 닮아
뽀얀 그대 모습
사무치게 그리운 날엔

동그란
너의 마음 따다가
생수 한 잔에
타오르는 가슴 적신다

등불이 되어

달도 별도 없는 날
혹여
돌부리에 넘어질세라

당신 오시는 길목에
등불 밝혀 드리겠습니다

가로등 없는
어두운 밤길
행여
들개에 다칠세라

당신 오시는 길목에
등불 놓아두겠습니다

겨울바람에
등불 꺼질세라

당신 오실 때까지
그 자리 지키겠습니다

제비꽃에게

보랏빛
작은 꽃망울
감추려하지 마라

세상에
슬픈 꽃이
어찌 너뿐이더냐

강기슭엔
더 슬픈
물망초 피어있더라

불새

청산에
불새가 날아와
어린 다람쥐를 삼키고
늙은 참나무를 삼켰다

불새가 휘젓고 간
뜨거운 날갯짓에
시커멓게 멍든 산하

화염이 할퀴고
지나간 자리에는
찢어진 이파리의 앓는 소리

목 타는 나뭇가지
갈증의
몸부림 속에
뿌리의 깊은 상처들

그을린 낙산사엔
승려의
목탁 두드리는 소리가 구슬프다

– 2004년 4월 강원도 산불을 보며

봄비 속에

겨우내
침묵했던 매화여

촉촉이 내리는
봄비 속에
메마른 나뭇가지 적시거라

뿌리까지
흠뻑 적시거라

그리고
봄 햇살 찾아들면
분홍꽃 곱게 피워 주렴

목련꽃 필 때

긴
겨울

꾹꾹
참았던
그대 그립다는 말

하얀 봉오리 속
가득한
사랑 알갱이들

봄 햇살에
툭툭
터트리고 싶다

오월의 향기

오월의 숲은
푸른 향기로
가득 차 있습니다

하얗게 차 오르던
꽃잎
내 가슴 속에 잠재우고

또다시 찾아온
오월의 계절 앞에서
그대의 향기 그리워

아카시아 나무
그늘 밑에서
나는 서성거리고 있습니다

목련 사랑

청초한 모습
백옥처럼 꽃피우고

넓은 이파리로
내 마음 감싸준 그대

늦가을
한 잎 두 잎
쓸쓸히 떨어지는

그대
낙엽까지도
사랑하고 싶다

사랑하게 하소서

새벽 아침의
한 줄기 맑은 햇살로
그대 사랑하게 하소서

한낮의
태양의 열기로
그대 사랑하게 하소서

별 밤
온화한 달빛으로
그대 사랑하게 하소서

夏

2
강가에서

밤이슬
한 모금 목을 축이며
긴 밤 지새울 때
강가에는
낮선 별빛만
서럽게 떨어진다

 · · · · · 누군가 사랑하려거든

그날

봄 햇살 깊게
숨 몰아쉬던 그날
강이 보이는
산 아래 찻집에서
하얀 민들레
까맣게 홀씨 되어
바람에 날리는 것을 보았다

굵은 달빛
창가에 내려앉는 밤
멀어져간
홀씨를 생각하며
그날의 코드를 잡는다

통기타를 치며
나래치는 가슴 서러워
노래를 부를 때면
어느새
내 가슴 속엔
별이 눈물 되어 흐른다

강가에서

청아한 물줄기는
갈대숲 따라
새벽으로 흐르고
산 중턱에 머물던 푸른 안개는
세월을 낚으려
강가로 내려앉는다

두 칸 낚싯대에
떡밥을 달아
은빛 피라미를 건지고
세 칸 낚싯대에
인생을 달아
중년의 강물을 낚는다

태양은 중천에 걸쳐있고
텅 빈 가슴
매콤한 국물로 채울 때
금강의 애잔한 물결은
질주하는 고속도로 따라
그리운 남쪽 바다를 향해 흐른다

반딧불이

어두운 숲 속
작은 몸짓으로 다가와
초롱불 하나 밝혀준다

등불 아래서
뻐꾸기 한 마리
행복한 꿈을 꾸고 있을 때

여름 비 서러운 듯
그 불빛 하나
아스라이 멀어져간다

낙엽 지고
겨울 찬바람에
희미한 등불 흔들려도

또다시 찾아온
푸른 계절 앞에서
나는 너를 그리워할 것이다

조약돌처럼 살고 싶다

산 정상
골이 파인
큰 바위보단

산 아래
속이 텅 빈
검은 바위보단

낮은
강가의
잘 다듬어진

하얀
조약돌처럼 살고 싶다

강물은 그렇듯 흐르더이다

강물은
엄마 품처럼
정겹게 흐르다가

때로는
거친 물살에
홍역을 치르더이다

강물은
연인처럼
유유히 흐르다가

때로는
폭풍우를 만나
아픔 속에 흐르더이다

강물은
부부처럼
바다에 닿을 때쯤이면

노을빛에
아름답게 흐르더이다

아침이슬

긴 밤
달빛 잘라먹고
새벽이 올 때까지
별을 따다
가슴에 담는다

그리운
아침 햇살
한 올 한 올
고운 빛줄기 품으며
풀잎 속에
한 떨기 수정꽃 피운다

밤하늘을 바라보는 이유

파란 별
하얗게 지새우는 밤
내 마음
잠들지 않는 까닭은
별을 바라보다
달무리 속으로 숨어버린
딸 수 없는
저 별 때문입니다
달빛 내려와
빛바랜 추억들 달래 보지만
지금도
밤하늘을 바라보는 이유는
언제까지나 별 하나의 사랑
그 한마디
내 가슴속에
아직 남아 있기 때문입니다.

달맞이꽃 피워주십시오

그대는
나를 위해
꽃이 되어주십시오

나는
그대 위해
달이 되고 싶습니다

간혹 구름에 가려
달의 모습 사라진다 해도
염려하지 마십시오

구름 걷히면
변함없는 모습으로
그대 비추어 드리겠습니다

그대는
나를 위해
달맞이꽃 피워주십시오

나는
그대 향한
온화한 달빛이 되겠습니다

그리움

파란 하늘에
한 조각
두 조각
쌓인 구름

그 무게
이기지 못해

굵은
빗줄기 되어
깊은
강물로 흐르고 있습니다

강변을 걸으며

나에게도
행복이
찾아와 줄 것만 같은 날에

늦은 아침
강변을 걸으며
너를 닮은
하얀 들꽃을 보았네

세 잎 이파리 속에 숨은
사랑스런
네 잎 클로버

생긋이
행복 짓는
너의 모습을 보았네

풀잎 사랑

그대가
작은 호숫가
청순한 풀잎이라면

나는
새벽 아침의
맑은 이슬이 되고 싶다

긴 밤
달빛 그리움으로
목마른 잎새 위에

옥구슬
또르르 구르듯
촉촉한 이슬이 되어

그대의
풀잎 속에
살포시 눕고 싶다

너를 찾아서

오월의
서릿바람에
떨어진 솔잎 하나

나 이제
굽이진 강 따라
바다로 떠나련다

깊은 바닷속
언제까지나
변치 않는 산호초 찾아서

초원의 집

버드나무 숲
저녁노을 스치며
산들바람이 풀피리 분다

황토길 호숫가엔
백조 닮은 오리들
즐거운 듯 일렁거린다

넓은
들녘에
초록 달빛 내리면

아담한
초원의 집엔
별들의 사랑 노래가 흐른다

물새 한 마리

석양은
서산 너머로 기울고
강둑 아래로
어둠이 내려앉는다

물안개 서서히
피어오르고
희미해지는 달빛에
물새 한 마리는
외로운
돌 하나 줍는다

밤이슬
한 모금 목 축이며
긴 밤 지새울 때
강가에는
낯선 별빛만
서럽게 떨어진다

선인장

뜨거운 모래 바람
뿌리의 갈증 속에

시퍼런
가슴에 박힌 가시

아프면
아픈 대로 삭혔더니

어느 날
분홍 꽃 활짝 피었다

비는 그리움처럼 내리고

한때는
맑은 햇살로
내 창가에 머물던 그대

빈 하늘
무채색 구름 되어
하염없이 비가 내립니다

엇갈린 세월 속에
한 조각 작은 구름도
당신이 무척 그리웠나 봅니다

쉬어갈 틈도 없이
숨 가쁘게
비가 내리고 있습니다

그리움의
굵은 빗줄기는
보고픔으로 승화되어

어제
그리고 오늘도
내 가슴에 내리고 있습니다

안개꽃 당신

밤하늘
푸른 빛줄기마다
작은 별들이 가득하다

바라만 보아도
쏙 하고
다가올 것만 같은
가냘프고
앙증스러운
당신의 모습이여

은하수
잔별들이 모여
한 아름
꽃이 되었을 때
하얗게 부서지는
은빛 강가에
한 송이 장미는
붉게 피어오른다

작은 꿈

깊은
바다 속
검은 보석처럼

흑진주가
아니어도 좋다

산모퉁이
골 파인
큰 바위보단

강가에
잘 다듬어진
맑은 조약돌 되고 싶다

꽃잎 편지

강바람 타고 다가오는
풀잎 소리는
천사의 웃음소리 같고
꽃잎에 맺힌 이슬은
그대의 눈망울 같습니다

꽃을 피우는 모습은
그대 마음 같고
달을 짓는 모습은
나의 마음 같습니다

밤하늘
별을 바라보면
서로 그리게 합니다

강가에
홀로 핀
달맞이꽃 생각하며
나는
달처럼 살겠다고

파도가 그리운 날엔

솔밭 사이로
따가운 햇볕이
목마른 나뭇가지에 걸치면

가슴 출렁이듯
파도가 그리운 날엔
까옥거리는 바다로 떠난다

서산에 걸린 석양은
노을빛으로
바다를 수놓을 때

밀려오는 푸른 파도는
은빛 조가비
작은 연인 되어
하얀 사랑의 모래성 쌓는다

그리움으로 흐르는 강

애초의 너와 나는
푸른 강을 꿈꾸는
정겨운 만남이었지

은빛 숨결에
낮달을 바라보았고
금빛 물결 속에
별들을 헤아리곤 했었지

이따금
토라진 물살에
물새 한 마리는
힘겨운 가슴앓이 했었다네

노을 속의 강물은
먼 바다로 떠나가고
솔밭 사이로 달빛 흐를 때

한 줄기 은빛 물결은
지금도
내 가슴으로 흐르고 있다네

별빛 닿는 그곳엔

한 걸음
다가서면
가까운 듯 아득한 별

흩어진 별빛
빈 가슴에 담으면
꿈틀거리는 당신의 숨결

캄캄한
골목길 돌아
그 빛을 곧장 따라가면

별빛 닿는 그곳엔
국화 한 송이
하얗게 피어 있겠지

매미

짧은 여름
서럽기만 한데
긴 장맛비에
햇볕은 찾아들지 않았다

별도 달도 없는 밤
새벽이 오기까지
이슬도 내려주지 않았다

버드나무 아래서
주름진
뱃살 끌어안고
목 놓아 울고 싶었다

슬픔의
젖은 날개는
온종일 울 수가 없었다

풋사과

초승달 얄궂은 눈빛에
물오른
풋사과의
시큼한 가슴 떨림

밤이슬 슬그머니 내려와
촉촉한 입맞춤에
쑥스러운 듯
연초록 이파리 속으로
설익은 젖 몽우리 감춘다

풋풋한 그녀는
연둣빛 얼굴 쫑긋 내밀고
달빛 스미는
하얀 속살 깊은 곳에
첫 사랑의
고운 씨알 품으며
홍옥의 새콤한
가을사랑 단꿈을 꾼다

秋

3 가을의 속삭임

시월의
아름다운 당신이여
가을 산
붉게 물들어 갈 때
빛 고운 당신을 만나고 싶다

· · · · · · 누군가 사랑하려거든

가을의 속삭임

가을바람
밤하늘 스치며
별들의 미소 짓는 밤

달빛 흐르는
단풍의 거리는
빨갛게 출렁거린다

수줍은 소녀처럼
붉게 물들이는
작은 잎새 하나

고운 빛
그대의 숨결에서
가을의 속삭임을 듣는다

가을이란 이름으로

봄날에
꽃 피우고

초록
잎새에 새긴
아름다운 사연들

가을이란 이름으로
구월의 잎새 위에

주홍빛으로
곱게 물들이고 싶습니다

코스모스 연가

높아만 가는
시퍼런 하늘에
하얀 손 펼치며
그대 부르는 소리 들리시나요

가을바람에
가냘픈 가지 부러질 듯
흔들거리는
내 모습 보이시나요

갈라진
잎새 위에
초록빛으로 물들인
내 마음 아시나요

내 곁에 와 달라고
긴 목 내밀며
분홍으로 꽃 피운
내 마음 그대는 아시나요

가을 여인

청바지
주홍치마로 갈아입고
초록 머릿결
샛노랗게 물들이며
앵두처럼
타는 듯한 빨간 입술
시월의
아름다운 당신이여
가을 산
붉게 물들어 갈 때
빛 고운 당신을 만나고 싶다

시월이 오면

오뉴월
하늘 아래

꾹
꾹
참았던
서리꽃 서러움

시월의
잎새 위에

툭
툭
핏물을
토하고 싶다

가을 대추

봄비의 촉촉한 외침에도
토라진 조개처럼
연둣빛 이파리는
입을 열려하지 않는다

라일락
진한 향기 유혹에도
사월이 다 가도록
그녀는 꽃을 피우지 않았다

볼그스레한
질긴 나뭇가지의
생뚱맞은
그녀의 자존심

가을이 오면
빛 고운 햇살 속에
홍조 빛 사랑의 열매
달콤하게 익어 가겠지

가을 사랑

높은 하늘에서
깊고 푸른
그대의 눈빛을 보았습니다

갈대숲에서
보드라운
그대의 숨결 소리 들었습니다

길가의
코스모스
분홍빛으로 물들일 때

수줍은 듯
붉게 타오르는 가을
그대를 사랑하고 싶습니다

그대 이름은

부르면
외롭지 않을 이름이여

품으면
행복할 이름이여

죽어도
함께 할 이름이여

아!
그대 이름은 사랑이어라

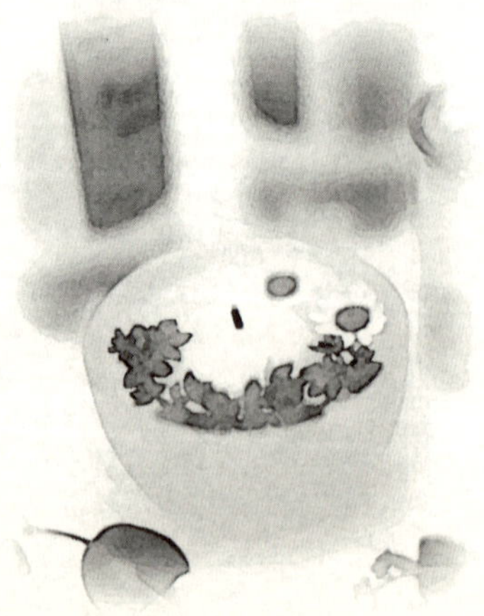

백지로 띄운 편지

빨간 우체통을 바라보면
그리운 이에게
편지를 쓰고 싶다
첫 서리는
온화한 달빛에
갈래갈래 흐트러지고
그 가을의 꽃잎
빛바랜 책갈피 속에
아직 남아 있는데
아릿해지는 별빛만
허공을 맴돌 뿐
코스모스 길 따라
꽃잎 사연 너무도 많아
그대 그립다는
말 한마디 쓰지 못하고
작은 우표 위에
까만 발자국만 남긴 채
밤이슬에 젖은
백지로 쓴 편지
가을바람에 실어 날려 보낸다

너를 보면

봄날에
하얗게 꽃 피운 너

가을이
오기 전에
꽃잎은 떨어지고

낙엽 지는 날에
너를 보면
자꾸만 눈물이 난다

낙엽

이 한 몸 녹여
잎줄기 거름이 되고
이 한 몸 태워
차가운 뿌리 속
온돌이 되어서
눈 덮인
그늘 속에서도
꽃 피울 수 있다면
동백이여
나 그대 위해
바람결에도 떠나지 않는
낙엽이 되겠습니다

이별 앞에서

가을밤
빨갛게 물들여 놓고
소리 없이 떨어지는 잎새여

아무도 찾지 않는
부서진 돌담길 아래서
떨어진 낙엽 가슴으로 태운다

가을은
술잔 속에 쓰러지고
갈대숲은 하얗게 흐느끼는데

낙엽이 된 사람아
가을의 이별 앞에서
죽을 만큼 그대의 행복을 빌며

이젠
긴 겨울여행을 떠나야 한다

작별

짧았던 가을
붉게 물오르던 잎새는

첫 서리 내린 날에
아삭거리는 마음
하나 둘씩 털어낸다

가을아!
이제 낙엽 되어 떠나지만

푸른 잎새 위에
붉게 물들였던
그 고운 빛깔
너는 잊을 수 없겠지

고독한 잎새

억새 숲 겨울 철새는
하얀 깃털만 남기고
소리 없이 둥지를 떠난다

찬 서리 서러워
붉은 이파리는
내 가슴에 잠재우고

가을을 삼켜버린
싸늘한 바람 속에서
낙엽은 후두두 떨어질 때

조각난 나뭇가지에는
고독한 잎새
한 잎 비틀거리고 있다

나 떠나거든

노을은
서녘으로 기울고
밤이슬 내려
서리꽃 피울 때

가을아
나 떠나거든
떨어진 낙엽
모아서 태워주렴

가을에
머무는 동안
나뭇잎
고운 줄기마다

달빛 별빛으로
물들였던
붉은 잎새가
아름다웠다고 말해주렴

낙엽을 태우며

봄날에
꽃으로 만나
푸르게 물오른 사람아

시월 단풍
빨갛게 물들여 놓고
낙엽이 된 사람아

겹겹이 쌓인
낙엽 태우니
그대 그리운 냄새가 난다

가을엔 사랑하십시오

가을엔
사랑하십시오

높은 하늘이
더욱 푸르게 보일 것입니다

그리운 사람과
가을엔 사랑하십시오

붉게 물든 단풍이
더욱 아름다울 것입니다

갈대의 추억

꺾어진
억새풀은
누런 풀씨만 남기고
말없이 가을을 떠난다

노을진
강가에는
외로운 새 한 마리
갈바람에 떨고 있다

거센
비바람에도
꺾이지 않을 줄 알았는데
하얀 미소
영원할 줄 알았는데

빛바랜
갈대의 숲은
까맣게 잠들고
이제
겨울 속으로 떠나야 한다

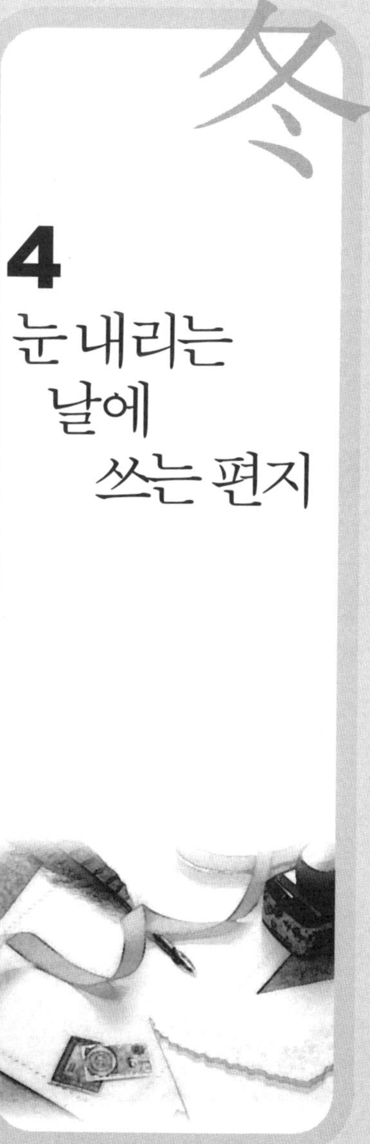

冬

4
눈 내리는
날에
쓰는 편지

오늘 밤
그대 오신다기에
목화솜처럼
포근한 그대를
설레는 마음으로 기다립니다

· · · · · 누군가 사랑하려거든

눈 내리는 날에 쓰는 편지

온 밤을
하얗게 감싸듯이
겨울나무 사이로 눈이 내립니다

솔잎에 걸친
눈꽃을 바라보며
온통 당신 생각으로 가득 차 있습니다

수북이 쌓여가는
함박눈만큼이나
당신이 몹시도 그리운 날입니다

공원 벤치 가로등 불빛도
당신을 기다리듯
환하게 비추고 있습니다

눈꽃 닮은
순수한 당신 생각하며
눈 내리는 이 밤에
보고 싶은 당신께 편지를 씁니다

그대 오시는 밤

오늘 밤
그대 오신다기에
회색빛
창가에 서서
그대를 기다립니다

오랫동안
기다려온 그대여
무척이나
보고 싶습니다

싸락눈
담고 오실까
함박눈 갖고 오실까

오늘 밤
그대 오신다기에
목화솜처럼
포근한 그대를
설레는 마음으로 기다립니다

바보 사랑

하늘이
늘 푸른 줄만 알았습니다
어제는 종일 비가 내렸습니다

붉게 물들인
가을 단풍잎이
늘 고운 줄만 알았습니다

바람 불더니
한잎 두잎 낙엽이 되어
떨어지는 것을 보았습니다

강가에도
찬 서리 내리니
이제 겨울이 오는 것을 알았습니다

첫눈이 올 것만 같은 날에

나 그대 위해
노란 주단 길 펼쳐 놓았으니
은행나무 아래로 오십시오

흐린 날에
하얀 발걸음 하며
사뿐사뿐 다가오십시오

늦가을
노랗게 물들인 마음
그대에게 전하고 싶습니다

겨울에 핀 흰장미

사월의
못다 핀 붉은 꽃잎은
처절했던 그 순간
마른 꽃잎 되어 무수히 떨어지고
얼마나 많은 세월
떨어진 꽃잎을 삼켜야만 했는지
그 봄날 서러워
메마른 이파리는
찬바람에 파르르 떨고 있는데
유난히도
함박눈 내리던 날
누군가에게
전하지 못한 사랑 그리워
등골 오싹한
시퍼런 줄기 부둥켜안고
긴 겨울밤 하얀 꽃 홀로 피었네

향나무 아래서

텅 빈 공원에
맑은 햇살 찾아들던 날

수백 개의
겨울나무 속에서
만년의 소녀처럼
푸릇한 그대를 보았다

낮달이
깊어 갈수록
향 잎 사이로 흐르는
은은한 그대의 향기
좀 더 가까이 다가가서
보고 싶은 얼굴이여

이제
사랑이라 말하고 싶을 때
백옥처럼 고운
그대를 생각하며
밤이 새도록 하얀 꿈을 꾼다

겨울 민들레

봄이 오면
노랗게 피었다가
바람결에
하얗게 지거늘

여름 소낙비
온몸을 적시어도
너는 언제나
그 자리에 있었네

된서리
꽃망울 시름 속에
가냘픈 잎줄기
찬바람 휘감아도

나는 보았네
겨울에도 지지 않는
일편단심
노란 민들레 사랑을

장미의 인생

빛 고운 시절엔
지나던 나그네도
부러워하더니

뜨거운
여름 햇볕에
꽃잎은 산산이 부서지고

따가운
가을 햇살에
앙상한 가시만 남았네

긴 겨울 지나고
봄이 찾아오면
또다시 꽃 피우리다

서리꽃

밤하늘
까만 밤 서러워
달빛을 잘라먹고

새벽이 올 때까지
별을 따다
가슴 속에 묻는다

뚝뚝
떨어지는
새벽이슬은

찬바람에
서리꽃 피워
겨울 속으로 눕는다

커피의 향기

내 품 안에서
숨 쉬는 그대가
문득 생각날 때면

하얀 찻잔에
그리움 여울지는
한 잔의 그대를 마신다

비가 내리는 날이면
하루에도 몇 번씩
향긋한 그대가 생각난다

마음이 외로운 날엔
발라드 흐르는 카페에서
부드러운 그대를 만나고 싶다

크리스마스트리

잘 다듬어진
작은 소나무에
목화의 하얀 마음을 심는다

금빛
십자가에
하늘의 고귀한 뜻을 달고

은빛 종에
새 희망을 달아
트리의 밝은 꿈을 휘감는다

살며시
그대 잡은 손
짜릿하게 전류가 통하면

오색 빛
사랑으로
성탄절 밤 불 밝힌다

왜 꽃 피우려하십니까

찬바람이
잎줄기 파고들면
마음이 고통스러울 텐데

쌓인 눈이
꽃망울 짓누르면
가슴이 시리도록 아플 텐데

동백이여
지난 가을날
그 무엇이 서러워서

한겨울에
빨간 속살 드러내며
왜 꽃 피우려 하십니까

겨울나무는 잠들지 않는다

찬바람이
야윈 몸 휘감을 때
겨울나무는
죽은 듯이 침묵한다

쌓인 눈 아래서
얼어버린
뿌리를 녹이고
메마른 나뭇가지를 적신다

스쳐 지나간
싸늘한 바람에
가슴이 죽고 세월이 죽어도

쓰러진 가슴
포근한 봄비가 적실 때
겨울나무는
늘 푸른 사랑으로 피어날 것이다

외기러기

홀로된 날갯짓에
허기진 마음은 고단하다
가끔은
먹구름 헤치며
작은 소나무
노송이 되기까지
헐벗은
하얀 깃털
추위에 떨고 있음에도
또 다른 하늘을 향해
바다 위로 떠오르는
맑은 태양을 끌어안으며
사랑의
보금자리를 찾아
외로운 여행을 한다

겨울바람

바람아
꽃이
아니 피었다고
동백의
시퍼런 이파리
뒤흔들지 마라
잔설 거치고
봄 햇살 찾아들면
꽃은 피고
나비는 찾아든다

기다림 속의 이별

오랜
기다림은
고통이었습니다

침묵을
지키는 그대는
나의 애달픔이었습니다

변명보다는
괴로울지언정
진실을 듣고 싶었습니다

긴 세월
멍든 가슴은
까맣게 타들어가고

침묵 속
오랜 기다림이
이별이었다면
이토록 기다리지 않았을 것을

콩나물 소나타

어두운 시루 속
작은 알갱이들은
무명천 홑이불 덮고
비릿한
알몸을 감추고 있다
잿빛 하늘에서 폭포가 떨어진다
누워있던 콩들은
일제히 몸을 세우며
굴절하는 물보라 속에
비상하듯 작곡을 시도한다
엉클어진 실뿌리는
높은음자리
가냘픈 선을 따라
한 올 한 올 비창(悲愴)을 풀며
노랗게 물오른 콩나물은
얼룩진 무명천을 열고
제3악장의 소나타를 연주한다

수족관 속엔 그녀가 살고 있다

원적외선
형광 불빛 아래
수족관으로 들어가면
쉼 없이 돌아가는
물레방아 해물탕집이 있다
은빛 모래 위에는
하얗고 까만 조약돌들이
항상 시끌벅적하다
넓적한 키조개 속에서
콩나물 대가리가
뽀골뽀골 연주를 시작할 때
주꾸미 세 마리가
늘어지게 합창을 한다
이때
미더덕이 다가와 흥을 돋우고
꽃게 두 마리가 다가와
빨간 엉덩이를 비비며 막춤을 춘다
매콤한 고추장 열기 속에
꽃게 한 마리는
하얀 속살 드러내며
향긋한 쑥갓 위로 벌러덩 눕는다
플라스틱 굴뚝 위로

보골보골 물방울이 솟아오르고
수족관 속엔
그녀의 모습이 보인다

식탁 위에서
그녀가 광어회를 치고 있다

아름다운 사계절

봄이 오면
뒷동산 뻐꾸기
봄을 알리듯
붕붕 울어대고
유채꽃 매화꽃 향기 속에
목련꽃 활짝 피었네

여름이면
시원한 파도소리에
뜨거운 가슴을 적시며
하얀 조가비 작은 연인 되어
금빛 모래사장을 거닐 때
밤하늘 별님 참 아름다워라

가을이면
황톳길 따라
들국화 향기 가득하고
코스모스 피어 있는
그대와 걷는 길 사랑이어라

겨울이 오면
찻집 창가에 마주앉아

향긋한 커피 속에
고운 이야기 나누며
함박눈 내리는 날
그대와 걷는 길 낭만이어라

들꽃처럼 피다

늦가을 어느 날
화원에 들려 하얀 화분에 담긴
국화 한 다발을 사서
작은 베란다 화분대에 올려놓았다

시들지 않도록
맑고 투명한 물을 주며
찬바람에
혹여 감기라도 들세라
거실 책장 위에 옮겨 두고
늘 관심 속에 너를 바라보았다

흐린 날엔
따뜻한 나의 체온으로
너를 감싸 주었고
맑은 날에는
햇빛 잘 드는 창가에
너를 놓아두었다
그 정성과 진실을 아는지
노랗게 피어오르는 꽃송이가
싱그럽기만 하다

어제는 꽃가게에 들려
사랑 담긴 영양제를 사다가
뿌리에 꽂아 주었더니
온 방에는
국화 향기로 가득하다

물향기 수목원에서

오산시 수청동은
맑고 푸른 물이 흐른다 하여
붙여진 동네 이름이다
그 바로 앞에는
물향기 수목원이 있다

정문을 들어서면
큰 연못 속에 푸릇푸릇한 청포가
오는 손님을 반기고
잘 가꾸어진 수천 수백 가지의
꽃과 나무들을 바라보며
꽃향기 속에 걷는 발길은
마냥 가볍기만 하다

벤치가 있는 솔밭 숲속에서
청솔모와 친구 되어
은은한 솔향기에 취하여도 좋고
접시꽃 피어있는
미로의 향나무 길로 들어서면
그 향기 속에
빠져 죽어도 좋을 만큼 향기롭다

오솔길 곳곳마다
아늑한 쉼터와
신선한 약수가 있고
타조와 공작새의
구애하는 모습도 볼 수 있다
가끔은 아름다운 이곳에 와서
뻐꾸기와 노래를 부르며
시를 짓곤 한다

이별 그 이후

일순간
바다가 쩍 갈라지듯이
운명은 파도에 쓸려가고

사랑했던 마음
행복했던 순간들
더러는 생각이 나겠지요

미운 정 고운 정
서리꽃 피워
서걱거리는 추억들

세월이
늙어지면
잊을 날도 있겠지요

하늘에
까망새 날면
그대 잊을 날도 오겠지요

다시 피우는 꽃

강가에
개망초 피었더니
나비는
찾아들지 않았다

아
꽃 한 잎
입에 담았더니
가슴이 쓰다

그렇다
꽃은
내면의 향기와
질긴 뿌리가 필요하다

이제
달이 뜨는 강가에
속이 꽉 찬
달맞이꽃 피우고 싶다

빙어

맵 찬 겨울바람
밤새 수면을 얼려 놓더니
새벽이 오자
별똥별 하나가 구멍을 낸다

휘젓는 코뿔소 등쌀에
빙어 한 마리
가슴에 코가 끼듯
차가운 세상 속으로 눕는다
그때 들려오는
서글픈 환호 소리

파닥거리던 빙어는
이내 매운 통 속으로 갇히고
시큼한 전율에 몸부림친다

조각난 은빛 가슴은
주고받는
술잔 속에서
산산이 부서지는데
강가의 물새들은 즐겁기만 하다

동백꽃

쓰디쓴
섣달 바람 속
긴 겨울밤
시퍼런 가슴
파르르 떨며
한 송이
꽃 피우기 위해
동백은
그렇게
붉게 울었나 보다

그대를 위한 연가

맑고
향긋한 녹차와

잔잔한
발라드 음악과

정겨운
시 한 편

그대를 위해
이곳에 두었습니다

힘들고
외로울 땐

언제든
마음에 담아 가십시오

겨울나무

산하는 저마다
추위를 피해 웅크려 들었고
마른 가지 사이로
세차게 바람이 지나간다

조용히 침묵하는
겨울나무는
육 개월의
산고를 시작한다

동짓달 북풍한설
문풍지 없는 냉골 방
출산의
진통을 겪는다

모락모락 피어오르는
황토방
온기 느끼며
봄 햇볕 축복 속에

겨울나무는
달덩이 같은
나이테 하나를 낳는다

천상으로 띄우는 편지

임이시여
그곳에 가시걸랑
청춘의 꿈
활짝 꽃 피우소서

임이시여
세상엔
못다 피운
꽃이 많더이다
부디 슬퍼 말고 가옵소서

임이시여
그곳에 가시걸랑
하얀 백합으로 피어나
못다 이룬
아름다운 꿈 펼치소서

안부를 묻습니다

늘 그 자리에
머물던 그대
웬일로 안 보이는 걸까

혹시 병이라도 난 걸까
걱정스러운 마음
발끝까지
저미어 오는데

기다림의 고통을
그대는
아는지 모르는지
통 보이질 않네

내일을 기다리며
가슴 시리도록
오늘은
그대의 안부가 그리운 날

나의 마음

그대 향한
나의 마음은

계절이
바뀌어도
늘 푸른 소나무이어라

그대 향한
나의 마음은

강가에
피어오르는
하얀 물안개이어라

사랑초

가냘픈
줄기마다
하얗게 꽃 피우고

보랏빛
곱게 물들인
사랑스런 너의 모습

하트 한 잎 따서
따뜻한
내 가슴속에 넣고 싶다

첫눈이 오면

낙엽마저
쓸쓸히 떠나버리고
이맘때쯤이면
첫눈이 생각난다

회색빛으로
하늘이 물드는 날이면
금방이라도
내 곁으로 올 것만 같다

가슴 시리도록
외로운 날엔
목화솜처럼 포근한
그대가 더욱 그립다

첫눈이 오면
나 그대
잊지 않았노라
눈꽃을 마음에 담고 싶다

푸른 날엔

구름 한 점 없이
바람도 잠든 날엔
수양버들 아래
물새 총총 뛰노는 강가로 가자

파란 물결 가르며
한적하게 휘젓는
은어의
여유로움 바라보며
송사리 떼
한마음 되어 뛰노는
정겨움 느껴보자

때가 되면
변함없이 찾아오는
연어의
깊은 마음도 담아보자

하늘이 맑은 날엔
푸른 강가에서
잘 다듬어진 조약돌에
청아한 시심(詩心) 새겨보자

〈에필로그〉

누군가 사랑하려거든

사랑은
우리가 죽을 때까지
가져가야 할 고귀한 보석이다.

그러므로
무엇보다 사랑은
소중하고 진실해야 한다.

자운영 꽃이 아름답다고
섣불리 연못 속으로 뛰어든다면
그 깊은 늪에서
오래도록 아픔과 상처를 겪을 것이다.

영원한 사랑은 결코
쉽사리 이루어지지 않는다.
무엇이 진정한 사랑인지를
우리는 그 의미를 깨달아야 한다.